U0458900

〔日〕 细井徇 ◎ 编绘

诗经名物图解

人民文学出版社

图书在版编目（ＣＩＰ）数据

诗经名物图解 /（日）细井徇编绘 .
—北京：人民文学出版社，2017（2021.4 重印）
（恋上古诗词：版画插图版）
ISBN 978-7-02-012825-9

Ⅰ . ①诗… Ⅱ . ①细… Ⅲ . ①《诗经》– 诗歌研究
Ⅳ . ① I207.222

中国版本图书馆 CIP 数据核字 (2017) 第 159880 号

责任编辑：甘　慧　尚　飞
排版设计：李　佳　李苗苗
封面设计：高静芳

出版发行　人民文学出版社
社　　　址　北京市朝内大街 166 号
邮政编码　100705
网　　　址　http://www.rw-cn.com

印　　制　上海利丰雅高印刷有限公司
经　　销　全国新华书店等

开　　本　890 毫米 × 1240 毫米　1/32
印　　张　6.5
字　　数　100 千字
版　　次　2018 年 1 月北京第 1 版
印　　次　2021 年 4 月第 3 次印刷

书　　号　978-7-02-012825-9
定　　价　59.00 元

如有印装质量问题，请与本社图书销售中心调换。电话：010-65233595

草部

木部

鸟部

兽部

鱼部

虫部

参差荇菜，左右流之。
窈窕淑女，寤寐求之。
求之不得，寤寐思服。
悠哉悠哉，辗转反侧。

《周南·关雎》

葛之覃兮，施于中谷，维叶萋萋。黄鸟于飞，集于灌木，其鸣喈喈。

《周南·葛覃》

采采芣苢，薄言采之。
采采芣苢，薄言有之。

《周南·芣苢》

采采卷耳，不盈顷筐。
嗟我怀人，寘彼周行。
陟彼崔嵬，我马虺隤。
我姑酌彼金罍，维以不永怀。

《周南·卷耳》

于以采蘩？于沼于沚。
于以用之？公侯之事。

《召南·采蘩》

翘翘错薪，言刈其蒌。
之子于归，言秣其驹。
汉之广矣，不可泳思。
江之永矣，不可方思。

《周南·汉广》

陟彼南山，言采其蕨。
未见君子，忧心惙惙。
亦既见止，亦既觏止，
我心则说。陟彼南山，
言采其薇。未见君子，

我心伤悲。亦既见止，
亦既觏止，我心则夷。

《召南·草虫》

于以采蘋？南涧之滨。
于以采藻？于彼行潦。

《召南·采蘋》

白华菅兮，白茅束兮。
之子之远，俾我独兮。
英英白云，露彼菅茅。
天步艰难，之子不犹。

《小雅·白华》

蒹葭苍苍，白露为霜。
所谓伊人，在水一方。
溯洄从之，道阻且长。
溯游从之，宛在水中央。

《秦风·蒹葭》

蓬

自伯之东，首如飞蓬。
岂无膏沐？谁适为容！

《卫风·伯兮》

笃公刘，于京斯依。跄跄济济，俾筵俾几。既登乃依，乃造其曹。执豕于牢，酌之用匏。食之饮之。君之宗之。

《大雅·公刘》

菲

习习谷风，以阴以雨。
黾勉同心，不宜有怒。
采葑采菲，无以下体。
德音莫违，及尔同死。

《邶风·谷风》

行道迟迟，中心有违。
不远伊迩，薄送我畿。
谁谓荼苦，其甘如荠。
宴尔新昏，如兄如弟。

《邶风·谷风》

采苓采苓，首阳之巅。
人之为言，苟亦无信。
舍旃舍旃，苟亦无然。
人之力言，胡得焉！

《唐风·采苓》

陟彼阿丘，言采其蝱。
女子善怀，亦各有行。
许人尤之，众稚且狂。
我行其野，芃芃其麦。
控于大邦，谁因谁极？

大夫君子，无我有尤。
百尔所思，不如我所之。

《鄘风·载驰》

绿竹

瞻彼淇奥，绿竹猗猗。有匪君子，如切如磋，如琢如磨。瑟兮僩兮，赫兮咺兮，有匪君子，终不可谖兮。

《卫风·淇奥》

芄兰之支，童子佩觿。
虽则佩觿，能不我知。
容兮遂兮，垂带悸兮。

《卫风·芄兰》

谁谓河广？一苇杭之。
谁谓宋远？跂予望之。

《卫风·河广》

焉得谖草？言树之背。
愿言思伯，使我心痗。

《卫风·伯兮》

彼黍离离，彼稷之苗。
行迈靡靡，中心摇摇。
知我者，谓我心忧；
不知我者，谓我何求。
悠悠苍天，此何人哉！

《王风·黍离》

昔我往矣，日月方奥。　　　念彼共人，兴言出宿。
曷云其还，政事愈蹙。　　　岂不怀旧？畏此反覆。
岁聿云莫，采萧获菽。
心之忧矣，自诒伊戚。

《小雅·小明》

彼采葛兮，一日不见，
如三月兮！彼采萧兮，
一日不见，如三秋兮！
彼采艾兮，一日不见，
如三岁兮！

《王风·采葛》

东门之池，可以沤麻。彼美淑姬，可与晤歌。

《陈风·东门之池》

荷華

山有扶苏，隰有荷华。不见子都，乃见狂且。

《郑风·山有扶苏》

山有乔松，隰有游龙。
不见子充，乃见狡童。

《郑风·山有扶苏》

出其闉闍，有女如荼。
虽则如荼，匪我思且。
缟衣茹蘆，聊可与娱。

《郑风·出其东门》

彼泽之陂，有蒲与蕑。
有美一人，硕大且卷。
寤寐无为，中心悁悁。

《陈风·泽陂》

洧之外，洵訏且乐。
维士与女，伊其相谑，
赠之以勺药。

《郑风·溱洧》

既方既皁，既坚既好，不稂不莠。去其螟螣，及其蟊贼，无害我田稚。

《小雅·大田》

肃肃鸨行，集于苞桑。
王事靡盬，不能艺稻粱。
父母何尝？
悠悠苍天，曷其有常？

《唐风·鸨羽》

蔹

葛生蒙楚，蔹蔓于野。予美亡此，谁与？独处！

《唐风·葛生》

穀旦于逝，越以鬷迈。视尔如荍，贻我握椒。

《陈风·东门之枌》

纻

东门之池，可以沤纻。彼美淑姬，可与晤语。

《陈风·东门之池》

白华菅兮，白茅束兮。
之子之远，俾我独兮。

《小雅·白华》

防有鹊巢，邛有旨苕。
谁侜予美？心焉忉忉。
中唐有甓，邛有旨鹝。
谁侜予美？心焉惕惕。

《陈风·防有鹊巢》

鱼在在藻，依于其蒲。
王在在镐，有那其居。

《小雅·鱼藻》

蓍

洌彼下泉，浸彼苞蓍。
忾我寤叹，念彼京师。

《曹风·下泉》

六月食郁及薁，七月亨葵及菽。
八月剥枣，十月获稻。
为此春酒，以介眉寿。

《豳风·七月》

七月食瓜，八月断壶，
九月叔苴。
采茶薪樗，食我农夫。

《豳风·七月》

二之日凿冰冲冲，
三之日纳于凌阴。
四之日其蚤，献羔祭韭。

《豳风·七月》

栝楼

我徂东山，慆慆不归。
我来自东，零雨其濛。
果臝之实，亦施于宇。

《豳风·东山》

呦呦鹿鸣，食野之苹。
我有嘉宾，鼓瑟吹笙。
吹笙鼓簧，承筐是将。
人之好我，示我周行。

《小雅·鹿鸣》

呦呦鹿鸣，食野之蒿。　　呦呦鹿鸣，食野之芩。
我有嘉宾，德音孔昭。　　我有嘉宾，鼓瑟鼓琴。
视民不恌，君子是则是效。　鼓瑟鼓琴，和乐且湛。
我有旨酒，嘉宾式燕以敖。　我有旨酒，以燕乐嘉宾之心。

《小雅·鹿鸣》

南山有台，北山有莱。
乐只君子，邦家之基。
乐只君子，万寿无期。

《小雅·南山有台》

葵

菁菁者莪，在彼中阿。
既见君子，乐且有仪。
菁菁者莪，在彼中沚。
既见君子，我心则喜。

《小雅·菁莪》

蓫

我行其野，言采其蓫。
婚姻之故，言就尔宿。
尔不我畜，言归斯复。

《小雅·我行其野》

菖

我行其野，言采其蓄。
不思旧姻，求尔新特。
成不以富，亦祗以异。

《小雅·我行其野》

莞

下莞上簟，乃安斯寝。
乃寝乃兴，乃占我梦。
吉梦维何？维熊维罴，
维虺维蛇。

《小雅·斯干》

其饟伊黍，其笠伊纠，
其镈斯赵，以薅荼蓼。
荼蓼朽止，黍稷茂止。

《周颂·良耜》

齊頭蒿

蔚

蓼蓼者莪，匪莪伊蒿。
哀哀父母。生我劬劳。
蓼蓼者莪，匪莪伊蔚。
哀哀父母，生我劳瘁。

《小雅·蓼莪》

茑与女萝，施于松柏。
未见君子，忧心弈弈。
既见君子，庶儿说怿。

《小雅·颊弁》

芹

思乐泮水，薄采其芹。
鲁侯戾止，言观其旂。
其旂茷茷，鸾声哕哕。
无小无大，从公于迈。

《鲁颂·泮水》

终朝采蓝，不盈一襜。
五日为期，六日不詹。

《小雅·采绿》

苕之华，芸其黄矣。
心之忧矣，维其伤矣。

《小雅·苕之华》

董

周原朊朊，董荼如饴。
爰始爰谋，爰契我龟。
曰止曰时，筑室于兹。

《大雅·绵》

荏菽

诞实匍匐，克岐克嶷，
以就口食。艺之荏菽，
荏菽旆旆。禾役穟穟，
麻麦幪幪，瓜瓞唪唪。

《大雅·生民》

韩侯出祖，出宿于屠。
显父饯之，清酒百壶。
其殽维何？炰鳖鲜鱼。
其蔌维何？维笋及蒲。

其赠维何？乘马路车。
笾豆有且，侯氏燕胥。

《大雅·韩奕》

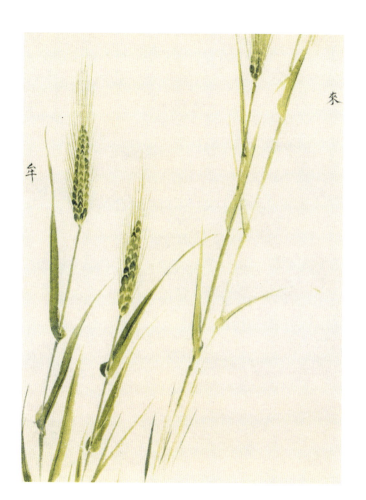

來

牟

思文后稷，克配彼天。立我烝民，莫匪尔极。贻我来牟，帝命率育，无此疆尔界。陈常于时夏。

《周颂·思文》

稌

丰年多黍多稌，亦有高廪，
万亿及秭。为酒为醴，
烝畀祖妣，以洽百礼。
降福孔皆。

《周颂·丰年》

思乐泮水，薄采其茆。
鲁侯戾止，在泮饮酒。
既饮旨酒，永锡难老。
顺彼长道，屈此群丑。

《鲁颂·泮水》

桃之夭夭，灼灼其华。
之子于归，宜其室家。

《周南·桃夭》

绸缪束楚，三星在户。
今夕何夕？见此粲者。
子兮子兮，如此粲者何！

《唐风·绸缪》

蔽芾甘棠，勿翦勿伐，
召伯所茇。蔽芾甘棠，
勿翦勿败，召伯所憩。
蔽芾甘棠，勿翦勿拜，
召伯所说。

《召南·甘棠》

摽有梅，其实七兮。
求我庶士，迨其吉兮。

《召南·摽有梅》

樸樕

林有朴樕，野有死鹿；
白茅纯束，有女如玉。

《召南·野有死麕》

何彼秾矣？唐棣之华。
曷不肃雝？王姬之车。

《召南·何彼秾矣》

何彼秾矣？华如桃李。
平王之孙，齐侯之子。

《召南·何彼秾矣》

柏

如月之恒，如日之升。
如南山之寿，不骞不崩。
如松柏之茂，无不尔或承。

《小雅·天保》

棘

园有棘，其实之食。   心之忧矣，其谁知之？

心之忧矣，聊以行国。   其谁知之，盖亦勿思。

不我知者，谓我士也罔极。

彼人是哉，子曰何其！

《魏风·园有桃》

榛

鸤鸠在桑，其子在榛。

淑人君子，正是国人。

正是国人，胡不万年。

《曹风·鸤鸠》

山有漆，隰有栗。
子有酒食，何不日鼓瑟？
且以喜乐，且以永日。

《唐风·山有枢》

椅

其桐其椅，其实离离。
岂弟君子，莫不令仪。

《小雅·湛露》

定之方中，作于楚宫。
揆之以日，作于楚室。
树之榛栗，椅桐梓漆，
爰伐琴瑟。

《鄘风·定之方中》

维桑与梓，必恭敬止。
靡瞻匪父，靡依匪母。
不属于毛，不离于里，
天之生我，我辰安在？

《小雅·小弁》

阪有漆，隰有栗。
既见君子，并坐鼓瑟。
今者不乐，逝者其耋。

《秦风·车邻》

桑

南山有桑，北山有杨。
乐只君子，邦家之光。
乐只君子，万寿无疆。

《小雅·南山有台》

淇水滺滺，桧楫松舟。
驾言出游，以写我忧。

《卫风·竹竿》

松

秩秩斯干，幽幽南山。
如竹苞矣，如松茂矣。
兄及弟矣，式相好矣，
无相犹矣。

《小雅·斯干》

投我以木瓜，报之以琼琚。
匪报也，永以为好也。

《卫风·木瓜》

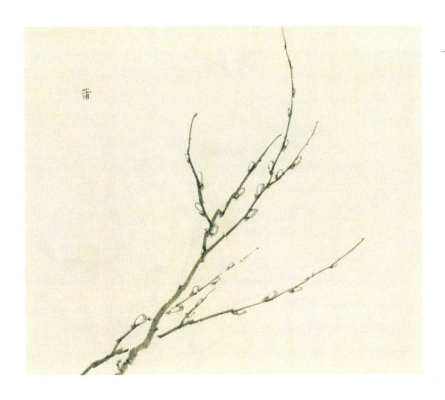

扬之水，不流束蒲。
彼其之子，不与我戍许。
怀哉怀哉，曷月予还归哉？

《王风·扬之水》

杞

将仲子兮，无逾我里，
无折我树杞。岂敢爱之？
畏我父母。仲可怀也，
父母之言，亦可畏也。

《郑风·将仲子》

鹤鸣于九皋，声闻于野。
鱼潜在渊，或在于渚。
乐彼之园，爰有树檀，
其下维萚。
它山之石，可以为错。

《小雅·鹤鸣》

有女同车，颜如舜华，
将翱将翔，佩玉琼琚。
彼美孟姜，洵美且都。

《郑风·有女同车》

柳

昔我往矣，杨柳依依。
今我来思，雨雪霏霏。
行道迟迟，载渴载饥。
我心伤悲，莫知我哀。

《小雅·采薇》

山有枢，隰有榆。
子有衣裳，弗曳弗娄。
子有车马，弗驰弗驱。
宛其死矣，他人是愉。

《唐风·山有枢》

南山有栲，北山有杻。
乐只君子，遐不眉寿。
乐只君子，德音是茂。

《小雅·南山有台》

椒聊之实，蕃衍盈升。
彼其之子，硕大无朋。
椒聊且，远条且。

《唐风·椒聊》

栩

东门之枌，宛丘之栩。
子仲之子，婆娑其下。

《陈风·东门之枌》

东门之杨，其叶肺肺，
昏以为期，明星哲哲。

《陈风·东门之杨》

终南何有？有条有梅。
君子至止，锦衣狐裘。
颜如渥丹，其君也哉。

《秦风·终南》

山有苞栎，隰有六驳。
未见君子，忧心靡乐。
如何如何，忘我实多！

《秦风·晨风》

苞橪

山有苞棣，隰有树檖。
未见君子，忧心如醉。
如何如何？忘我实多。

《秦风·晨风》

六月食郁及薁，七月亨葵及菽，
八月剥枣，十月获稻。
为此春酒，以介眉寿。

《豳风·七月》

我行其野，蔽芾其樗。
婚姻之故，言就尔居。
尔不我畜，复我邦家。

《小雅·我行其野》

陟彼北山，言采其杞。
偕偕士子，朝夕从事。
王事靡盬，忧我父母。

《小雅·北山》

南山有枸，北山有楰。
乐只君子，遐不黄耇。
乐只君子，保艾尔后。

《小雅·南山有台》

黄鸟黄鸟，无集于穀，
无啄我粟。此邦之人，
不我肯穀。言旋言归，
复我邦族。

《小雅·黄鸟》

栎

陟彼高冈，析其柞薪。
析其柞薪，其叶湑兮。
鲜我觏尔，我心写兮。

《小雅·车舝》

作之屏之，其菑其翳。　　　　帝迁明德，串夷载路。

修之平之，其灌其栵。　　　　天立厥配，受命既固。

启之辟之，其柽其椐。

攘之剔之，其檿其柘。　　　　　　　《大雅·皇矣》

煙

梧桐

凤凰鸣矣，于彼高冈。梧桐生矣，于彼朝阳。菶菶萋萋，雝雝喈喈。

《大雅·卷阿》

雎鸠

关关雎鸠，在河之洲。
窈窕淑女，君子好逑。

《周南·关雎》

黄鸟

交交黄鸟，止于棘。
谁从穆公？子车奄息。
维此奄息，百夫之特。

《秦风·黄鸟》

我徂东山，慆慆不归。
我来自东，零雨其濛。
仓庚于飞，熠耀其羽。
之子于归，皇驳其马。

《豳风·东山》

维鹊有巢，维鸠居之。
之子于归，百两御之。

《召南·鹊巢》

桑之未落，其叶沃若。
于嗟鸠兮，无食桑葚。
于嗟女兮，无与士耽。

《卫风·氓》

翩翩者鵻，烝然来思。
君子有酒，嘉宾式燕又思。

《小雅·南有嘉鱼》

宛彼鸣鸠，翰飞戾天。
我心忧伤，念昔先人。
明发不寐，有怀二人。

《小雅·小宛》

谁谓雀无角，何以穿我屋？
谁谓女无家，何以速我狱？
虽速我狱，室家不足。

《召南·行露》

燕燕于飞，差池其羽。
之子于归，远送于野。
瞻望弗及，泣涕如雨。

《邶风·燕燕》

鴗

雄雉于飞，泄泄其羽。
我之怀矣，自诒伊阻。

《邶风·雄雉》

依彼平林，有集维鷮。
辰彼硕女，令德来教。
式燕且誉，好尔无射。

《小雅·车舝》

鸿雁于飞，哀鸣嗷嗷。
维此哲人，谓我劬劳。
维彼愚人，谓我宣骄。

《小雅·鸿雁》

琐兮尾兮,流离之子。
叔兮伯兮,褎如充耳。

《邶风·旄丘》

乌

莫赤匪狐，莫黑匪乌。惠而好我，携手同车。其虚其邪，既亟只且！

《邶风·北风》

不稼不穑，胡取禾三百囷兮？
不狩不猎，胡瞻尔庭有县鹑兮？
彼君子兮，不素餐兮。

《魏风·伐檀》

风雨如晦，鸡鸣不已。
既见君子，云胡不喜！

《郑风·风雨》

女曰鸡鸣，士曰昧旦。
子兴视夜，明星有烂。
将翱将翔，弋凫与雁。

《郑风·女曰鸡鸣》

肃肃鸨翼，集于苞棘。
王事靡盬，不能艺黍稷。
父母何食？悠悠苍天，
曷其有极？

《唐风·鸨羽》

鴥彼晨风，郁彼北林。
未见君子，忧心钦钦。
如何如何，忘我实多！

《秦风·晨风》

牧野洋洋，檀车煌煌，
驷騵彭彭。维师尚父，
时维鹰扬。凉彼武王，
肆伐大商，会朝清明。

《大雅·大明》

鸱鸮鸱鸮，既取我子，
无毁我室。恩斯勤斯，
鬻子之闵斯。

《豳风·鸱鸮》

坎其击鼓，宛丘之下。无冬无夏，值其鹭羽。

《陈风·宛丘》

维鹈在梁，不濡其翼。
彼其之子，不称其服。

《曹风·候人》

鵙

柯亭写

七月鸣鵙，八月载绩。
载玄载黄，我朱孔阳，
为公子裳。

《豳风·七月》

鹳

我徂东山，慆慆不归。 有敦瓜苦，烝在栗薪。
我来自东，零雨其濛。 自我不见，于今三年。
鹳鸣于垤，妇叹于室。
洒埽穹窒，我征聿至。

《豳风·东山》

鹤

有鹜在梁，有鹤在林。
维彼硕人，实劳我心。

《小雅·白华》

脊令在原，兄弟急难。
每有良朋，况也永叹。

《小雅·常棣》

翚

约之阁阁，椓之橐橐。
风雨攸除，鸟鼠攸去，
君子攸芋。如跂斯翼，
如矢斯棘，如鸟斯革，
如翚斯飞，君子攸跻。

《小雅·斯干》

交交桑扈，有莺其羽。
君子乐胥，受天之祜。

《小雅·桑扈》

鸢飞戾天，鱼跃于渊。
岂弟君子，遐不作人？

《大雅·旱麓》

鸳鸯于飞，毕之罗之。
君子万年，福禄宜之。

《小雅·鸳鸯》

有鹙在梁，有鹤在林。
维彼硕人，实劳我心。

《小雅·白华》

凫鹥在泾，公尸来燕来宁。
尔酒既清，尔殽既馨。
公尸燕饮，福禄来成。

《大雅·凫鹥》

肇允彼桃虫，拚飞维鸟。

未堪家多难，予又集于蓼。

《周颂·小毖》

陟彼高冈，我马玄黄。
我姑酌彼兕觥，维以不永伤。

《周南·卷耳》

匪兕匪虎，率彼旷野。
哀我征夫，朝夕不暇。

《小雅·何草不黄》

肃肃兔罝，椓之丁丁。
赳赳武夫，公侯干城。

《周南·兔罝》

相鼠有皮，人而无仪。
人而无仪，不死何为！

《鄘风·相鼠》

羔羊之皮，素丝五紽。
退食自公，委蛇委蛇。

《召南·羔羊》

野有死麕，白茅包之。
有女怀春，吉士诱之。

《召南·野有死麕》

呦呦鹿鸣，食野之苹。
我有嘉宾，鼓瑟吹笙。
吹笙鼓簧，承筐是将。
人之好我，示我周行。

《小雅·鹿鸣》

舒而脱脱兮，无感我帨兮，
无使尨也吠！

《召南·野有死麕》

既张我弓，既挟我矢。
发彼小豝，殪此大兕。
以御宾客，且以酌醴。

《小雅·吉日》

硕人俣俣，公庭万舞。
有力如虎，执辔如组。

《邶风·简兮》

有狐绥绥，在彼淇梁。
心之忧矣，之子无裳。

《卫风·有狐》

君子偕老，副笄六珈。
委委佗佗，如山如河，
象服是宜。子之不淑，
云如之何？

《鄘风·君子偕老》

牛

君子于役，不知其期，
曷至哉？鸡栖于埘，
日之夕矣，羊牛下来。
君子于役，如之何勿思！

《王风·君子于役》

狼跋其胡，载疐其尾。
公孙硕肤，赤舄几几。

《豳风·狼跋》

貉

一之日于貉，取彼狐狸，
为公子裘。

《豳风·七月》

狸

魚

驾彼四牡，四牡骙骙。
君子所依，小人所腓。
四牡翼翼，象弭鱼服。
岂不日戒？猃狁孔棘。

《小雅·采薇》

东人之子，职劳不来。
西人之子，粲粲衣服。
舟人之子，熊罴是裘。
私人之子，百僚是试。

《小雅·大东》

彼谮人者，谁适与谋？
取彼谮人，投畀豺虎。
豺虎不食，投畀有北。
有北不受，投畀有昊。

《小雅·巷伯》

毋教猱升木，如涂涂附。
君子有徽猷，小人与属。

《小雅·角弓》

鲂鱮甫甫，麀鹿噳噳，
有熊有羆，有猫有虎。

《大雅·韩奕》

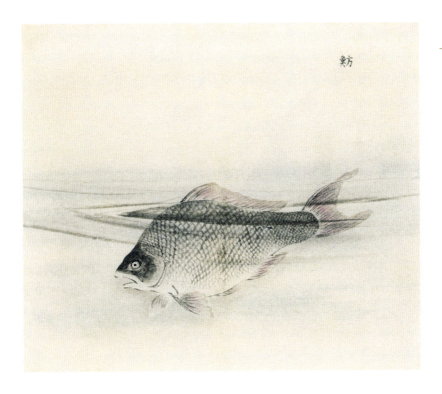

鲂

岂其食鱼，必河之鲂？
岂其取妻，必齐之姜？

《陈风·衡门》

河水洋洋，北流活活。
施罛濊濊，鱣鲔发发，
葭菼揭揭。庶姜孽孽，
庶士有朅。

《卫风·硕人》

敝笱在梁，其鱼鲂鳏。
齐子归止，其从如雨。

《齐风·敝笱》

鲤

岂其食鱼，必河之鲤？
岂其取妻，必宋之子？

《陈风·衡门》

九罭之鱼，鳟鲂。
我觏之子，衮衣绣裳。

《豳风·九罭》

鱼丽于罶，鲿鲨。
君子有酒，旨且多。

《小雅·鱼丽》

鳢

鱼丽于罶，魴鱧。
君子有酒，多且旨。

《小雅·鱼丽》

鱼丽于罶，鲿鲤。
君子有酒，旨且有。

《小雅·鱼丽》

南有嘉鱼，烝然罩罩。
君子有酒，嘉宾式燕以乐。

《小雅·南有嘉鱼》

曾孙维主，酒醴维醹，
酌以大斗，以祈黄耇。
黄耇台背，以引以翼。
寿考维祺，以介景福。

《大雅·行苇》

吉甫燕喜，既多受祉。

来归自镐，我行永久。

饮御诸友，炰鳖脍鲤。

侯谁在矣？张仲孝友。

《小雅·六月》

翩彼飞鸮，集于泮林，
食我桑黮，怀我好音。
憬彼淮夷，来献其琛。
元龟象齿，大赂南金。

《鲁颂·泮水》

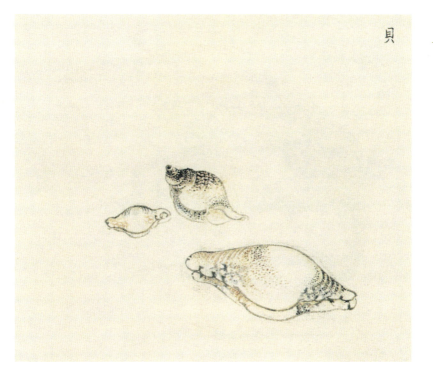

公车千乘，朱英绿縢，
二矛重弓。公徒三万，
贝胄朱綅，烝徒增增。

《鲁颂·閟宫》

於论鼓钟，於乐辟廱。
鼍鼓逢逢，矇瞍奏公。

《大雅·灵台》

猗与漆沮，潜有多鱼。
有鳣有鲔，鲦鲿鰋鲤。
以享以祀，以介景福。

《周颂·潜》

螽斯羽，诜诜兮。
宜尔子孙，振振兮。

《周南·螽斯》

喓喓草虫，趯趯阜螽。
未见君子，忧心忡忡。
亦既见止，亦既觏止，
我心则降。

《召南·草虫》

手如柔荑，肤如凝脂，
领如蝤蛴，齿如瓠犀。
螓首蛾眉，巧笑倩兮，
美目盼兮。

《卫风·硕人》

蛾

苍蝇

鸡既鸣矣，朝既盈矣。
匪鸡则鸣，苍蝇之声。

《齐风·鸡鸣》

蟋蟀在堂，岁聿其莫。

今我不乐，日月其除。

无已大康，职思其居。

好乐无荒，良士瞿瞿。

《唐风·蟋蟀》

蜉蝣之羽，衣裳楚楚。
心之忧矣，于我归处。

《曹风·蜉蝣》

蜩

菀彼柳斯，鸣蜩嘒嘒。
有漼者渊，萑苇淠淠。
譬彼舟流，不知所届。
心之忧矣，不遑假寐。

《小雅·小弁》

五月斯螽动股，六月莎鸡振羽。
七月在野，八月在宇，
九月在户，十月蟋蟀入我床下。

《豳风·七月》

七月流火，八月萑苇。
蚕月条桑，取彼斧斨，
以伐远扬，猗彼女桑。
七月鸣鵙，八月载绩。

载玄载黄，我朱孔阳，
为公子裳。

《豳风·七月》

我徂东山，慆慆不归。
我来自东，零雨其濛。
我东曰归，我心西悲。
制彼裳衣，勿士行枚。

蜎蜎者蠋，烝在桑野。
敦彼独宿，亦在车下。

《豳风·东山》

我徂东山，慆慆不归。
我来自东，零雨其濛。
果臝之实，亦施于宇。
伊威在室，蟏蛸在户。

町畽鹿场，熠耀宵行。
不可畏也，伊可怀也。

《豳风·东山》

蟢蛸

谓天盖高，不敢不局。
谓地盖厚，不敢不蹐。
维号斯言，有伦有脊。
哀今之人，胡为虺蜴！

《小雅·正月》

中原有菽，庶民采之。
螟蛉有子，蜾蠃负之。
教诲尔子，式穀似之。

《小雅·小宛》

蜮

为鬼为蜮，则不可得。
有靦面目，视人罔极。
作此好歌，以极反侧。

《小雅·何人斯》

既方既皁，既坚既好，
不稂不莠。去其螟螣及其蟊贼，
无害我田稚。田祖有神，秉畀炎火。

《小雅·大田》

彼都人士，垂带而厉。
彼君子女，卷发如虿。
我不见兮，言从之迈。

《小雅·都人士》

予其惩，而毖后患。
莫予荓蜂，自求辛螫。

《周颂·小毖》